AF336249

VÉRITÉS VRAIES.

Prix : 30 Centimes.

PARIS,

Chez CORRÉARD, libraire, Palais-Royal, gal. de bois

17 avril 1820.

VÉRITÉS VRAIES.

Depuis deux mois, le gouvernement a présenté aux chambres trois projets de loi dont deux ont été acceptés.

Le premier de ces projets anéantit toutes les garanties légales de la liberté individuelle et nous offre en échange le caractère personnel des gouvernans.

Le second, détruit une partie de la liberté de la presse, et la remplace par une censure préalable.

Le troisième, rapportant une loi d'élection pour laquelle une grande partie de la France a formellement manifesté son adhésion, lui substitue un système électoral étrangement compliqué, et dans lequel on a stipulé en faveur du pouvoir, jusqu'au privilége de nommer les membres du bureau qui doit recenser les votes.

Le premier de ces projets suspend pour plusieurs mois l'exercice d'un droit expressément garanti par la charte, statue que les citoyens pourront être arrêtés hors des cas prévus par la loi, et les enlève à leurs juges naturels. Les ministres eux-mêmes l'ont déclaré arbitraire.

Le second de ces projets, nous prive aussi de l'exercice d'un autre droit encore expressément garanti par la charte, et assujettit à une censure préalable, c'est-à-dire à un régime préventif, des écrits qu'elle n'avait soumis qu'à la répression légale , en cas de délits; le ministre a encore déclaré , à l'occasion de ce projet, qu'il demandait un pouvoir arbitraire.

Le troisième de ces projets, entre autres irrégularités , élude ouvertement une disposition de la charte qui ordonne que la chambre sera renouvelée tous les ans, et par cinquième.

Depuis le jour où les intentions du gouvernement sur ces trois points ont été connues à la France, une guerre s'est engagée entre les défenseurs du ministère et un certain nombre d'écrivains, et des milliers de citoyens sont venus prier les chambres de repousser ces projets.

Lors de la discussion des deux premières lois, une opposition courageuse, dans les rangs de laquelle se sont placés des hommes auparavant amis du ministère, s'est manifestée dans la chambre; elle a disputé le terrain pied à pied; et, après avoir démontré l'inutilité et le danger de ces mesures, les conséquences funestes qui devaient en résulter, elle a cherché à adoucir le régime qu'elles créaient, puis à en reculer l'époque.

De nombreux encouragemens du dehors sont venus appuyer les généreux défenseurs de la liberté, l'opinion s'est franchement manifestée en leur faveur, et dans la lutte ouverte qui a amené ces discussions, le ministère a entendu plusieurs fois présager les conséquences nécessaires de son système.

Maintenant la lutte dans la chambre est terminée et le ministère s'occupe à mettre à exécution les lois qu'il a obtenues. Mais la résistance qu'on lui avait formellement prédite, se manifeste. Les citoyens s'assurent mutuellement pour eux et pour leurs familles contre les suites possibles d'une arrestation sans garantie de justice ; et les écrivains qui n'ont pas abandonné la cause de la liberté, quittant le poste que, malgré leur vigoureuse défense, l'arbitraire vient d'enlever, recourent au moyen que la loi leur a laissé pour corriger les tristes effets de la censure, repousser l'erreur et le mensonge qui marchent sous ses auspices, et continuer de tenir leurs concitoyens attentifs aux envahissemens du pouvoir.

Cependant le gouvernement, comme s'il n'avait pu s'attendre à ces choses, s'étonne de ce que son arbitraire ne l'a pas rendu tout puissant ; il s'irrite des obstacles qu'il rencontre. Semblable à l'enfant qui vient de se blesser avec une arme que vingt fois on lui a conseillé de ne pas toucher, qui s'étonne de voir couler son sang, et qui s'irrite contre ceux dont il a méprisé les sages avis, il cherche autour de lui quelqu'un qu'il puisse accuser du mécontement qu'il a causé ; du malaise qu'il s'est créé lui-même. Il déclare révolutionnaires ceux qui prévoyant que l'envie ou la haine peuvent les atteindre, instruits par de nombreuses plaintes du sort qui attend les prisonniers d'état, et ne voulant pas laisser leurs familles sans appui, s'associent avec leurs amis pour diminuer, autant qu'il est en eux, les maux que peut rassembler sur leurs têtes et sur celles de leurs enfans une dénonciation perfide ou un soupçon mal fondé. Il accuse de provoquer la sédition, ceux qui, n'usant que de moyens légaux, ont transporté hors des journaux, les observations, les avis et les réclamations qui l'importunent.

Vous avez voulu avoir le droit de disposer à volonté de notre liberté, vous l'avez obtenu, jouissez-en complètement, mais n'exigez pas que nous ne cherchions pas à nous procurer les secours nécessaires contre le ré-

gine de vos prisons, que nous renoncions à faire usage
du crédit de nos amis, et que nous repoussions les con-
solations de l'amitié. Ne nous demandez pas de ne point
prévoir l'embarras où nous laisserons nos familles si
vous usez du droit terrible et arbitraire dont vous parais-
sez si jaloux

Vous avez voulu que les journaux fussent soumis à
votre inspection, que rien ne pût être inséré sans l'ap-
probation de vos commissaires; censurez à votre aise,
mais si la loi nous offre un autre moyen de faire entendre la vérité, de défendre nos intérêts et nos droits,
n'exigez pas que nous renoncions à en faire usage.

§. II.

Tout le monde avait prévu, lors de la retraite de
M. Decazes, que le mouvement qui s'opérait dans le ministère, n'était qu'un passage à une *épuration* défini-
tive. Ce qu'on avait prévu, va bientôt arriver. En vain
M. Pasquier s'est il humblement traîné dans les rangs du
côté droit. En vain a-t-il pris le pesant fardeau des lois d'exception, M. Pasquier ne saurait rester ministre. Ce n'est
pas qu'il n'ait fait tout ce qu'il soit possible de faire pour
les hommes dont il recherchait les suffrages. Ces hommes, je crois, n'auraient pas mieux fait eux-mêmes; mais
M. Pasquier a défendu la loi des élections, mais M. Pasquier a défendu et a servi avec un grand zèle M. le duc Decazes; mais M. Pasquier a défendu et a servi avec un grand
zèle beaucoup de causes; pour tout dire enfin, M. Pasquier
ne saurait offrir aux ultras des garanties suffisantes. Il est
vrai que, depuis quelque temps, tous les organes de
l'ultracisme célèbrent à l'envi ses bonnes et ses brillantes

qualités ; mais tout cela ne prouve pas que le parti ait oublié les griefs que, dans un autre temps il a eu contre lui ; cela ne prouve pas, que le mépris que ce parti lui a témoigné, lors de la retraite de M. de Richelieu, ait fait place à l'estime ; non, cela prouve seulement qu'il avait besoin de M. Pasquier.

Et en effet, dans la lutte qui vient de s'engager entre l'arbitraire et la liberté, il fallait aux ultras, qui visent tant qu'ils peuvent à la considération, un homme qui fût dans de telles circonstances qu'il pût affronter sans danger tous les traits de la calomnie. M. Pasquier était cet homme. Aujourd'hui sa tâche est remplie : *l'arbitraire* est voté ; et je ne vois pas pour quelle raison ceux qui l'ont mis en avant consentiraient plus long-temps à le laisser dans un poste qu'ils peuvent si bien occuper eux mêmes ; surtout, lorsqu'il ont à craindre qu'un beau jour M. Pasquier ne vienne, pour la troisième fois, sacrifier sur l'autel de M. Decaze.

Enfin, ce qui paraît certain aujourd'hui, c'est qu'un changement total va s'opérer dans le ministère , et ici il n'est plus question de remuer cette matière ministérielle tant de fois éprouvée : c'est une matière neuve que l'on va exploiter. On avait parlé d'abord de M. Lainé ; mais décidément il est rayé de la candidature ; on le considère comme un transfuge ; on ne pense pas d'ailleurs qu'il ait assez fait et qu'il puisse faire jamais assez pour expier l'ordonnance du 5 septembre ; M de Labourdonnaye lui garde rancune ; enfin, M. Lainé n'est pas assez *pur*, dit-on.

Ce renouvellement intégral éprouve pourtant quelque difficulté. Il est arrivé, à ce que l'on assure, parmi les ultras, ce qui arrive assez communément après la

(8)

victoire, c'est-à-dire que des germes de discorde se sont
manifestés parmi les vainqueurs. Dans la chaleur de l'ac-
tion on n'avait pas remarqué, ou au moins on n'avait pas
attaché d'importance aux degrés, aux nuances des opinions ; aujourd'hui qu'il s'agit de distribuer les postes,
ces nuances et ces degrés se font sentir. Déjà, dit-on, les
ultras ont leurs *doctrinaires* et à leur tête on place les
Chateaubriand , les Villèle , les Fiévée.

On ne dit pas encore de quelle espèce seront les ultras
qui arriveront au ministère, mais assurément nous y
verrons des ultras.

§. III.

Je ne puis résister au désir de publier ici quelques
passages d'une lettre d'Espagne, que j'ai reçue le 13.
Quoiqu'elle n'offre pas beaucoup de choses nouvelles,
elle ne peut être sans intérêt pour nous autres Français,
qui, après trente ans de sacrifices, sommes réduits, en
fait de liberté, à porter envie aux peuples qui nous ont
si long-temps fait pitié.

Madrid , 3 avril 1820,

. . . . Tout est changé ! Les maximes des
Filangieri, des Rousseau, et de tant d'autres détracteurs
du bon ordre gothique, ont remplacé les institutions
philantropiques des *Ignacio* et des *Torquemada*.

Mille voix vous auront instruit des faits inouïs des 7, 8
et 9 Mars. Croyez tout, au moins ; ne doutez de rien.
Quelles que soient les louanges que l'on donnera à la
manière dont cette étonnante révolution s'est opérée,
elles resteront au - dessous de la réalité. J'étais là ; j'ai
tout vu. Je l'ai même secondée, car j'étais du nombre
des libéraux, qui, le 7, exigèrent la mise en liberté de
tous les détenus pour opinions politiques et religieuses.
. . . . Nous nous fîmes ouvrir les portes de
l'inquisition, de ce lieu exécrable. . . . . . . Mais c'est
aux malheureux que nous en avons arrachés qu'il ap-

partient d'en faire l'apologie. Jugez, cependant, mon cher N...., des sentimens de ce *lion espagnol;* il n'a pas arraché les entrailles aux juges de ce tribunal d'iniquité; il n'a pas purifié le sol de leurs restes, en les brûlant, et en jetant leurs cendres au vent. L'Espagne libre, le généreux *Hispano* a respecté le malheur, jusque dans la personne de ses plus cruels persécuteurs. .... Les inquisiteurs, au milieu de l'enthousiasme toujours tumultueux du premier moment, ont tranquillement choisi le lieu de leur retraite. Après un pareil fait, vous concevrez aisément le reste. Aussi le *roi vraiment converti et désabusé, est-il l'objet de l'amour et du respect de tous;* aussi Elio, Eguia, etc., anciennes colonnes de l'édifice qui vient de crouler; aussi les auteurs des assassinats de Cadix sont-ils remis à la justice des lois, sans avoir reçu du peuple, qu'ils ont dévoré, le prix de tant de forfaits. ..... Les Espagnols plaignent la France, lorsqu'il n'y a pas un mois la France libre pleurait sur le sort de l'Espagne. .. ..

Tout va bien ici; il est à désirer cependant que les *pères conscrits* s'assemblent au plus vite, et donnent à la machine une marche uniforme. Les *corbeaux* croassent sans cesse, et ne manquent pas d'un certain pouvoir. Il y a quelques jours nous crûmes qu'il serait indispensable d'appuyer nos droits de mesures plus énergiques. Les héros de l'île de Léon, le sage Agar, chef des Galiciens, Mina, l'idole des Navarrois, ne se reposeront qu'après l'affermissement du corps politique.

O'Donnel, ou comte de l'Abisbal, joue ici le rôle de *sans-culotte,* ce qui, grâce à sa conduite antérieure, et à sa plate justification, le font regarder comme un homme vendu aux vainqueurs de tous les partis. Il a été hué au café *Lorenzini,* où il a voulu haranguer. Ce café, qui deviendra célèbre, est le rendez-vous des patriotes, et c'est là que l'opinion publique se prononce sans miséricorde, sur les opérations du gouvernement, et sur les qualités de ceux qui le constituent, etc., etc.

N., *capitaine des armées nationales.*

§. IV.

Paris, le 16 avril 1820.

Monsieur,

La liberté individuelle et la liberté de la presse étaient expirantes.... Deux jours encore nous restaient ; nous en avions profité pour rendre publique, par la voie des journaux, une adresse de remercîmens aux 115 députés ; un de nos condisciples l'offrait chez lui à la signature de tous les étudians en médecine.

Cette nouvelle vint jeter l'effroi parmi les hommes aux moyens extrêmes, qui étaient on ne peut pas plus pressés de jouir. . . . . . . « Et n'est-ce pas assez d'avoir été con-
» damnés à entendre la voix éloquente des cent quinze,
» qu'on ne pouvait réfuter qu'en criant, *aux voix, la*
» *clôture, la question préalable !* etc., lorsqu'on ne
» trouvait pas plus commode de se renfermer dans un
» prudent silence. Faudra-t-il encore subir les remon-
» trances d'une jeunesse qui s'avise aussi d'être consti-
» tutionnelle ! » Ils dirent..... La gent ... est convoquée.
Trois hommes de bonne volonté sont choisis ; ils par-
tent....., et, Monsieur, vous savez le reste.

Cette expédition, nous ne disons pas mieux combinée, mais plus heureuse que celle du concordat, a eu un plein succès : un plein succès si l'on entend par-là l'enlèvement de l'adresse. Dans toute autre hypothèse, MM. les ravisseurs pourraient trouver du mécompte, s'ils avaient espéré, par exemple, qu'une mesure de cette nature nous découragerait, ou nous ferait craindre de nous livrer par la suite à l'exercice d'un droit constitutionnel. Nous voulons bien leur faire savoir, par la présente, qu'ils sont tombés dans une erreur grossière, quoique leur expédition, passablement illégale, ne pût point détruire un fait par lui-même inattaquable, et que ce fait fût une preuve de notre empressement à faire parvenir aux députés constitutionnels le tribut de notre reconnaissance ; nous n'avons pas cru, cependant, devoir nous en tenir à ce premier essai, et la nouvelle adresse que vous recevrez sous ce pli, et que nous vous prions de publier, prouvera que si nous avons la conscience de nos droits, nous avons, en même-temps, le courage et la fermeté nécessaires pour en réclamer les garanties. Notre adresse est déjà couverte de signatures, malgré toutes les difficultés que nous éprouvons maintenant pour communiquer entre nous, les journaux nous étant interdits, et nos domiciles n'étant plus respectés.

Nous avons l'honneur, Monsieur, de vous saluer avec considération

Jh. B. B. T., etc., etc., etc.

Les soussignés étudians en médecine de la faculté de Paris, à MM. les députés qui ont voté contre les lois d'exception.

Messieurs,

Après de grands sacrifices et de très longs malheurs, nous commencions enfin à jouir paisiblement des libertés que nous avions si chèrement achetées Mais un jour a suffi aux ministres pour les remettre en question. A ce coup imprévu, la France justement alarmée a tourné ses regards vers ses députés. Et vous M M., fidèles à votre mandat, vous avez prouvé à la France, que si la cause de la liberté ne pouvait triompher de' ses nombreux ennemis, du moins il était impossible, de déployer pour sa défense, plus de patriotisme, de courage et de talens. Oui la France les a entendues les cent-quinze voix qui se sont élevées au moment où trois ministres demandaient que la personne de tous les Français fût mise à leur discrétion ; et des milliers de voix y ont répondu par des acclamations.

Nous aussi, dont le cœur palpite aux doux noms de patrie et de liberté, nous, dont le sincère attachemet au gouvernement constitutionnel ne saurait être suspect, nous avons entendu vos voix éloquentes, et nous ne voulons pas rester muets au milieu des accens de la reconnaissance publique. Une jeunesse franchement constitutionnelle, qui ne voit de garantie et de stabilité pour les droits du trône, comme pour ceux du peuple, que dans l'exécution de la loi fondamentale de l'état, n'a pu voir, sans une vive émotion, les généreux efforts que vous avez faits pour sauver nos libertés d'une destruction complette.

Elle essaierait en vain de vous exprimer toute sa reconnaissance, elle ne pourrait que rester au dessous des vrais sentimens que votre belle conduite lui a inspirés.

Députés constitutionnels, vous ne cesserez de combattre l'arbitraire tant qu'il existera ; car c'est l'arbitraire qui cause les révolutions, et nous ne voulons pas de révolutions. Et déja ne se montre-t-il pas avec son hideux cortége? En est-il de plus révoltant que celui qui, confondant avec des factieux de jeunes Français qui signent paisiblement une adresse aux défenseurs de la Charte, viole toutes les lois à leur égard?... Mais, Messieurs loin de nous la pensée de détourner votre attention des graves circonstances qui seules méritent de la fixer.... Quels plus grands intérêts que ceux de la patrie pourrions-nous présenter à votre sollicitude? Aussi, nous nous serions bien donné de garde de vous entretenir d'un acte dont les auteurs ne pouvaient nous inspirer que du mépris, si nous n'avions vu l'intention manifeste d'outrager ces modèles de patriotisme et de courage, objets de notre admiration et de nos respects. Qu'ils sachent donc ces implacables ennemis de nos libertés, que l'indignation qu'un pareil procédé a réveillée en nous, nous a fait sentir encore davantage combien sont précieuses les garanties que nous venons de perdre. Qu'ils apprennent que ces jeunes citoyens, dont la patrie ne réclama jamais en vain les secours, sont plus que jamais pénétrés de la nécessité d'entourer de leur amour et de leur dévouement, la Charte, ce palladium de toutes nos libertés, que son auguste auteur, à une époque mémorable, confia à la garde de tous les Français, comme leur patrimoine. Ces royales paroles sont profondément gravées dans nos cœurs, et sont un puissant motif pour ne pas désespérer.... Et vous, Députés de la nation, redoublez d'efforts pour vaincre les obstacles qui semblent s'accroître tous les jours. L'édifice constitutionnel n'est pas encore entièrement démoli ; vous pouvez beaucoup pour sa conservation. Tous les regards vous suivent dans la route constitutionnelle qui seule vous promet des succès , et hors de laquelle il n'y a qu'écueils et précipices. La France vous contemple, et déjà elle prépare les couronnes dont elle ornera vos fronts.

Daignez agréer, MM. les Députés, l'hommage du plus profond respect avec lequel nous avons l'honneur, etc.

(Suivent les signatures).

§. V.

LE monstre appelé *Censure,* qui va toujours la gueule béante, *quærens quem devoret,* n'a point démenti, dès en naissant, l'illustre auteur de ses jours. Une *partialité* bien prononcée a, sur le champ, fait répéter à toute la France, le vieux proverbe : Tel père, tel fils. Il faut le voir armé, d'impitoyables ciseaux, donnant la chasse à la pensée, mutilant le sens-commun, et s'applaudissant niaisement d'une victoire honteuse, puisqu'elle n'a pu être précédée d'aucun combat. Il ne reste donc plus, pour lui échapper, d'autre ressource que le déguisement, et c'est celle que vient d'employer avec succès, pour la seconde fois, l'un des députés dont la France honore le courage patriotique, autant qu'elle estime le talent.

M. Kératry vient de publier une brochure où l'on remarque, comme dans toutes ses productions, une plume originale et spirituelle, guidée par une conscience qui ne connaît point de capitulations. Comme les bonnes choses ne peuvent être trop répétées, je crois devoir faire une œuvre utile et agréable à mes lecteurs, en leur offrant ici la lettre que, sous le nom de J.-J. Rousseau, l'honorable député adresse, d'Ermenonville, à son collègue M. le comte de Girardin. Le cadre est bien trouvé, et me paraît rempli d'un manière fort heureuse.

AVIS SUR LA LETTRE SUIVANTE.

Nous n'ignorons pas qu'il y a quelque hardiesse à écrire au nom d'un grand homme et à prêter son propre langage aux premiers écrivains de la langue française. Cette témérité a été quelquefois heureuse ; sans nous flatter d'acquérir à la nôtre cet avantage, au moins aurons-nous quelques droits à l'indulgence du public, en lui faisant deux déclarations : la première, c'est que nous n'avons regardé notre composition que comme un cadre moins usé que tout autre, où nous pussions énoncer quelques vérités utiles, quoique d'un aspect fâcheux, sur notre position constitutionnelle ; la seconde probablement est superflue, et, toutefois, nous ne saurions nous dispenser de dire au lecteur, que nous avons mis dans la bouche de Jean-Jacques, non tout ce qu'il eût dit à son ancien élève, non tout ce que nous eussions souhaité dire nous-mêmes en pareille circonstance, mais ce que nous présumions devoir être épargné par l'encre rouge de la censure.

Lettre de J. J. Rousseau à M. le comte de GIRARDIN, sur la destitution de ce dernier.

Il y aura bientôt cinquante ans que j'adressai, à un ministre disgracié, une lettre qui fit sur les esprits une impression dont je fus tenté de ne pas féliciter les Français, par la raison même que ce succès dénotait des oreilles peu familiarisées avec le langage de la vérité et de l'amour de la patrie. Aujourd'hui, mon cher Stanislas, je serai, je l'espère, plus heureux en m'entretenant avec le préfet destitué ; car j'imagine qu'il s'est opéré quelques changemens dans cette France toujours chère à mon cœur, malgré la sévérité avec laquelle j'en ai été plus d'une fois traité ; (mais dois-je m'en plaindre, quand je songe à ce qui m'attendait dans ma propre patrie ?) J'imagine, dis-je, que mes paroles, trouvant cette fois des cœurs et des esprits mûrs pour les recevoir, ne se produiront pas dans le public avec cette forme presque étrangère, qui, comme ma triste personne, provoquait jadis l'étonnement au défaut de murmures et d'invectives ; c'est donc le pauvre citoyen de Genève qui va s'entretenir avec un citoyen français ; j'espère qu'ils sont faits pour s'entendre.

Et d'abord, mon cher Stanislas, il faut que je vous demande si vous vous souvenez un peu de cet ours de Jean-Jacques, qui vous a tenu quelquefois sur ses genoux, qui, comme un vieux radoteur, avec ses herbes et ses simples, dès votre âge le plus tendre, voulut vous inspirer quelque goût pour la botanique, seule ressource, contre des chagrins amers, que ses ennemis lui eussent laissée à lui-même. Est-ce par une sorte de prévision que je cherchais à vous ménager le même délassement ? Je ne sais ; mais ce qu'il y a de certain, c'est qu'il m'était agréable de parler avec des fleurs à un enfant que je pressentais devoir être homme un jour. J'avais entrevu, dans l'avenir, la noble fermeté de votre caractère et je ne craignais pas de l'amollir, en vous familiarisant avec le spectacle des dons les plus gracieux de la nature. Aux âmes fortes il faut des études douces ; aux esprits faibles, des exemples de courage et d'énergie ; aux uns ma Flore et mes lettres à la duchesse de Portland ; aux autres Montaigne et Plutarque.

Vous avez donc été préfet, mon cher Stanislas ; c'est trop tôt et trop tard. Si je ne me trompe sur ce qui s'est passé en France dans ces vingt dernières années, il y a dix ans que vous eussiez pu empêcher du mal et faire beaucoup de bien ; aujourd'hui l'un vous était aussi difficile que l'autre. Digne héritier de Henri IV, votre bon Roi veut le bonheur de l'État confié par la Providence à ses soins : mais il est presque dans la situation où vous étiez vous-même par les obstacles qui traversent de toutes parts ses désirs. Vous parlez tous de la patrie ; dites que vous la cherchez, et croyez que vous ne la trouverez que lorsque la sainte voix de la vertu aura fait taire celle de l'intérêt personnel. Après avoir gémi sur les malheurs de votre révolution, après avoir été mal compris par plusieurs de ceux qui s'y sont autorisés de mon nom, je suis tenté de sourire, quand on m'entretient de votre régime constitutionnel et de votre gouvernement représentatif. Est-ce que l'on parle décemment de ces choses avec deux ou trois noblesses ? Est-ce que l'on administre suivant les lois avec des courtisans de toutes les époques et de toutes les couleurs ? Votre vieille cour, toujours semblable à ce qu'elle était quand je tenais la plume, ne voit de gouvernement que dans ses dignités, ses cordons, ses pensions et ses prérogatives. Elle ne sait pas encore ce que c'est qu'une chambre des Pairs, dont elle fait pourtant partie, et toute la royauté elle-même est à ses yeux, dans le lever et le coucher du roi aux Tuileries, ainsi qu'elle la voyait à Versailles, quand la porte de l'Œil de bœuf était près de s'ouvrir,

Mais voilà que je me surprends dans des écarts qui ne m'étaient autrefois que trop ordinaires ; ils sont excusables dans une lettre ; j'y pense tout haut avec vous, mon cher ami, selon ma vieille habitude ; et c'est ainsi que je me suis fait haïr des grands qui usurpaient leurs noms, des philosophes qui voulaient de la probité sans religion et de tous nos jongleurs politiques. Si j'écrivais encore, ma destinée serait probablement la même ; car vous ne sauriez supposer que je vous passasse vos pères de la foi, qui feront bientôt disparaître parmi vous les restes d'une

foi chancelante, vos sermens à la Charte, quand presque
personne n'en veut ; vos missionnaires qui font du culte
sans morale, et du royalisme sans patrie ; vos hommes
d'état opiniâtres sans prévoyance, et funestes à la liberté,
parce qu'ils ne savent pas la manier.

Il faut avouer toutefois que vous ne manquez pas de
citoyens dévoués et de riches généreux ; je vois de bons
germes dans votre jeunesse, mais n'avorteront-ils pas ?
Vous étiez à la veille d'avoir une armée nationale ; espé-
rons qu'on ne se bornera pas à ne vouloir qu'une gendar-
merie. Peut-être quelque jour vous parlerai-je de votre
Chambre des députés, elle a droit à mon examen ; mais
cette lettre est déjà longue ; qu'il me suffise pour le moment de vous dire, mon cher Stanislas, que vous ne m'a-
vez pas trompé. Vous avez mérité une destitution, et
l'on a eu la maladresse de vous en accorder l'honneur (1) ;
Jean-Jacques vous embrasse ; Jean-Jacques vous félicite
d'être rendu à la vie privée, jusqu'à ce que que, rentrant
dans la vie publique, vous puissiez plus tard être utile à
votre monarque et à votre pays. Laissez le temps mar-
cher ; père du mouvement physique, il n'est pas étran-
ger au mouvement moral des esprits. Il a reçu sa mission
d'un grand maître, et il l'accomplira.

J.-J. Rousseau.

De l'île des Peupliers, Ermenonville, 5 avril 1820.

Depuis deux jours, on a commandé dans chaque régi-
mens d'infanterie, outre le service ordinaire, un batail-
lon de piquet d'attente ; les officiers ont ordre de ne point
sortir de chez eux, et la troupe se couche habillée. Je ne
veux me permettre aucune réflexion sur cette nouvelle,
dont je garantis l'exactitude.

(1) Il y a toujours honneur à faire ce que commande la conscience. Le gouvernement a cru devoir destituer M. le comte de
Girardin : nous ne jugeons pas ses actes, mais nous croyons que
le préfet, en exerçant, suivant sa [conscience, son] droit de suffrage,
est resté digne de sa propre estime [qu'il aurait] peut-être perdue en se con-
duisant autrement.